Gargantua

FichesdeLecture.com

GARGANTUA (FICHE DE LECTURE)　　**4**

I. INTRODUCTION

II. RÉSUMÉ DE L'OEUVRE

Naissance de Gargantua

L'éducation de Gargantua

La guerre picrocholine

III. PRÉSENTATION DES PERSONNAGES

Gargantua

Grangousier

Ponocrates

Holopherne (Tubal)

Gargamelle

IV. THÈMES

Mesure et démesure

L'éducation humaniste

L'humour

DANS LA MÊME COLLECTION EN NUMÉRIQUE　　**11**

À PROPOS DE LA COLLECTION　　**19**

Gargantua
(Fiche de lecture)

I. INTRODUCTION

Cinq livres composent l'œuvre de Rabelais. Le récit de *Pantagruel* paraît d'abord en 1532, suivi en 1534 de *Gargantua*, ou plus précisément *La vie très horrifique du grand Gargantua, père de Pantagruel*. Ces deux récits sont suivis, onze ans plus tard par *le Tiers Livre* (1546), puis le *Quart Livre*, publié dans une première version en 1548, et dans sa version définitive en 1552, un an avant le décès de Rabelais. *Le Cinquième Livre*, posthume, paraît en 1564. L'idée d'une œuvre homogène, relatant les aventures des trois générations de géants (Grandgousier, Gargantua et Pantagruel) ne serait venue à Rabelais qu'en 1546. L'écrivain, soumis à la censure de la Sorbonne, a utilisé le pseudonyme d'Alcofrybas Nasier, ce qui n'est autre qu'une anagramme de son nom...

II. RÉSUMÉ DE L'OEUVRE

Naissance de Gargantua

Gargantua, fils de Grandgousier et de Gargamelle (fille du roi des Parpaillos), naît dans de « *bien estranges* » conditions. Sa mère l'a porté durant onze mois. Or, selon Rabelais, la perfection d'un nouveau-né dépend de la durée de la grossesse. Plus celle-ci est longue, plus l'enfant se rapprochera du « *chef d'œuvre* »...

Ainsi naît Gargantua, tout droit sorti de l'oreille de sa génitrice lors d'une partie de campagne où elle a beaucoup mangé, bu et dansé. L'enfant fait une taille extraordinaire. Dès sa naissance, le nouveau-né est assoiffé et réclame donc « *à boyre* ». Grandgousier, pris de court mais amusé, s'exclame alors : « *Que grand (gosier) tu as* ». L'enfant sera donc appelé Gargantua.

L'éducation de Gargantua

Entre trois et cinq ans, Gargantua est élevé **très librement.** Ses parents, en effet, ne lui imposent aucune limite. Il passe ses journées à gambader, se rouler par terre, courir après les papillons, et surtout à boire, manger et dormir... Il développe déjà une passion pour l'équitation.

Grandgousier, impressionné par l'intelligence de son fils, décide de lui donner pour professeur de latin le théologien Thubal Holoferne. Ce dernier lui fait ainsi apprendre et réciter des textes à l'endroit et à l'envers.

Jeune enfant, Gargantua bénéficie donc d'une éducation délivrée par des pédagogues traditionnels.

Puis il se rend à Paris pour suivre l'enseignement de Ponocrates. Sur la route, alors qu'il monte une énorme jument, la queue de celle-ci, en chassant les taons, détruit toute la forêt de Beauce. Arrivé à Paris, il Gargantua s'amuse à voler les cloches de Notre-Dame pour les accrocher au cou de sa jument. Lors de ses visites de la ville, il est l'objet d'une grande curiosité des Parisiens. Le messager de la Sorbonne, Janotus de Braquemardo, déploie toute sa rhétorique pour convaincre Gargantua de rendre les cloches.

L'éducation que Ponocrates prévoit pour son élève consiste d'abord à l'observer sans intervenir. Après ce temps d'observation, le pédagogue lui impose un emploi du temps et tente de lui faire oublier ses anciennes leçons, notamment en lui faisant boire une potion supposée lui nettoyer le cerveau... Dès lors, l'étude des Saintes Écritures constitue la base des connaissances du jeune Gargantua. Sport et notions d'hygiène ont également un rôle important dans son apprentissage, mais pas seulement : Ponocrates insiste sur l'importance du maniement des armes, du développement de l'esprit critique. Art, métallurgie, artisanat, rhétorique, connaissance des herbes...l'éducation de Gargantua prend une nouvelle direction. Ses loisirs portent désormais sur la chasse et l'amusement hors de Paris. Gargantua, petit à petit, devient un érudit.

La guerre picrocholine

Un jour, le royaume de Grandgousier est envahi par Picrochole. Le père de Gargantua ne parvenant pas à ramener son adversaire à la raison, il appelle Gargantua à la rescousse. Ce dernier, à la tête des combats et avec l'aide de Frère Jean des Entommeures, fait preuve d'un grand courage, ce qui fait que Picrochole doit s'enfuir. Gargantua déclame alors un discours de morale politique et indique que le royaume du vaincu doit revenir à son fils, dont l'éducation sera logiquement confiée à Ponocrates. Il dédommage également les paysans premières victimes de la guerre contre Picrochole. La victoire contre ce dernier est alors célébrée à l'Abbaye de Thélème, devenue célèbre pour sa devise « Fay ce que tu vouldras ». On pressent déjà l'apologie d'un libre choix entre vice et vertu.

III. PRÉSENTATION DES PERSONNAGES

Gargantua

Géant, roi d'Utopie. Il tient son nom de son cri dès la naissance : « A boyre ! À boyre ! ». Le texte de la Pléiade *Rabelais- Œuvres complètes* (1955), explique le nom de Gargantua : « Gargantua était un géant, héros des traditions populaires, dont Rabelais reprit le nom afin de faire bénéficier son livre de sa popularité ».

Le nom du géant est cité dès le XVe siècle (1471) dans un registre de comptes de l'évêque de Limoges. Rabelais, pour écrire ses premiers textes, s'inspire directement de la tradition orale populaire. En 1534 paraissent à Lyon les *Grandes et inévitables chroniques de l'énorme géant Gargantua,* un recueil anonyme de contes populaires à la fois épiques et comiques. Ces contes eux-mêmes s'inspirent des romans de chevalerie du Moyen Âge, en particulier le cycle arthurien. Mais si Rabelais s'en inspire, il teinte cependant le personnage d'un humanisme dont il n'était pas doté auparavant.

Gargantua signifie gorge, goinfre, et correspond bien au profil de son père Grandgousier.

Grangousier

Père de Gargantua, il est probable qu'il ait été inspiré directement des scènes d'enfance de Rabelais et notamment des traits de son père, empruntés à ceux d'Antoine Rabelais. D'ailleurs, si le roman le présente comme un roi, il est cependant un personnage qui mène une vie familiale simple, sans cour, mais vivant hors du besoin.

Le nom « Grangousier » provient de « grand gosier ». Comme son fils d'ailleurs, il appartient à ce type de géants des livres de Rabelais, qui disposent d'un corps propice à la nourriture et à la boisson en grandes quantités.

Ponocrates

Son nom signifie en grec « dur à la fatigue ». Il est le troisième percepteur de Gargantua et l'accompagne à Paris pour étudier, accompagné d'Eudémon. Pédagogue moderne, il s'éloigne des méthodes qui ont formé Gargantua jusqu'à leur rencontre (à travers Tubal Holopherne et Jobelin Bridé), méthodes synonymes à ses yeux de véritables méfaits...

Son programme s'étend de tôt le matin à tard le soir, avec un minimum de moments de repos. Ainsi se déroule la vie de Gargantua à ses côtés *« En tel train d'étude le mit qu'il ne perdait heure quelconque du jour, ains (mais) tout son temps consommait en lettre et honnête savoir »* (chapitres XXIII et XXIV de l'ouvrage)...

Holopherne (Tubal)

Docteur réputé en théologie, premier percepteur de Gargantua, il incarne les partisans de l'école scolastique. Après son décès, il est remplacé par Maître Jobelin Bridé dans l'éducation de Gargantua. Leur relais éducatif conduit en fait à rendre le jeune Gargantua *« fou, niais, tout rêveux et rassoté »* (sot)

Gargamelle

La mère de Gargantua est la fille du roi des Parpaillos et l'épouse de Grangousier. Gargamelle signifierait « grande gamelle », ce qui paraît approprié puisqu'elle enfante un géant.

IV. THÈMES

Mesure et démesure

Le nom comme les mensurations du héros, son appétit dans tous les domaines : tous ces éléments nous placent immédiatement sous le signe de la **démesure,** rejoints par la nature imposante des exploits accomplis par Gargantua. Mais le **prologue** qui ouvre l'ouvrage permet à l'auteur de nous rappeler, en tant que lecteurs, que nous ne devons pas nous laisser berner : les aventures du jeune géant vont l'emmener vers un **raffinement** progressif de son existence, à travers la découverte des centres d'intérêt de l'**Humanisme.** Rabelais, dans ce prologue, invite à rester prudent et chercher un enseignement sérieux derrière les plaisanteries.

Pour autant, il ne faut pas non plus en conclure que l'œuvre de Rabelais est un simple passage de la démesure à la mesure... car si l'on observe de plus près l'utopie de Thélème, force est de constater que l'on n'est pas non plus dans une vision de modération et de limites. De même, Jean des Entommeures, à qui était destinée cette abbaye dans l'ouvrage, n'incarne pas un modèle assagi et mesuré.

Le cheminement de Rabelais va donc au-delà de la simple idée d'un juste milieu. C'est plutôt la quête d'une mesure sans renoncement à des excès considérés comme positifs. Comme le préconise le narrateur : « *Vivez joyeux* » !

Les étapes de la démesure concernent plusieurs domaines : physique (démesure du corps et des appétits), langage (démesure du discours, paroles parfois scatologiques, outrances de certaines déclarations...) ; mais aussi démesure dans la vision proposée de la guerre, dans les genres (notamment à travers la confrontation burlesque/épique lors des combats)... mais ces étapes s'accompagnent d'une progression réelle du personnage, d'une évolution vers une dimension beaucoup plus humaine. Nous avons donc bien affaire ici à un **roman d'apprentissage.** Il s'agit de former le corps, l'esprit, les mœurs. Ponocrates incarne cet idéal de formation humaniste, qui pourrait cependant être considéré, sur certains aspects, comme démesuré lui aussi. Il en va ainsi de l'éducation « encyclopédique » auquel Gargantua est destiné à Paris ; par exemple, dans le Chapitre XXI, il s'agit pour lui de tout connaître de « *l'homme et de son royaume* »...

L'éducation humaniste

L'**humanisme** est un mouvement intellectuel diffusé en Europe pendant la **Renaissance.** Les philosophes qui y appartiennent mettent l'accent sur l'importance de l'éthique, de la valeur de l'individu, de l'humain et de ses qualités, en particulier la rationalité. Il s'agit donc, lors du processus éducatif, de développer les qualités de l'homme.

Les humanistes soutiennent donc un enseignement basé sur les langues anciennes, les sciences, les humanités et refusent toute dépendance à des justifications transcendantes du monde (dogmes religieux). Rabelais est un humaniste, et même un précurseur dans ce domaine. Grâce à sa culture et ses nombreux voyages (notamment en Italie), il a réussi à développer sa doctrine. On en retrouve des marques dans les chapitres consacrés à la guerre picrocholine notamment, avec des arguments contre la guerre de conquête et en faveur de la charité du Prince. C'est également une influence prégnante en matière de **vision de la pédagogie.** L'idée principale est que l'érudition n'est pas une fin en soi, mais que c'est le processus d'apprentissage, l'évolution humaine vers la culture qui est centrale. Ainsi, Rabelais rejoint les récits pédagogiques d'Érasme ou de Montaigne, qui prônent un équilibre entre disciplines intellectuelles, physiques, morales et sociales, ainsi que le développement d'un esprit cosmopolite. **L'utopie de l'abbaye de Thélème** incarne bien toutes ces idées. Thélème vient du grec et signifie « bon vouloir ». Dépeinte par Rabelais, elle fonctionne de la façon suivante : c'est un lieu humaniste où de beaux jeunes gens, sélectionnés pour leurs atouts physiques, moraux et leur « noblesse » d'esprit, vivent ensemble sans séparation des sexes. Les lieux abritent une immense bibliothèque où ces derniers peuvent étudier, puisqu'ils sont libérés des contraintes matérielles (serviteurs, etc.). Les décorations insistent sur une morale élevée, la culture et l'importance de la volonté personnelle.

La principale idée retenue par des générations de lecteurs de Rabelais est celle-ci « Fais ce que tu voudras ». Mais, bien que les pensionnaires de Thélème soient libres d'agir et de partir comme bon leur semble, il faut cependant rappeler que l'auteur pensait aussi que la règle du libre arbitre, soit le choix de la liberté humaine, peut être très contraignante elle aussi. Car il s'agit bien ici pour les humains de se gouverner eux-mêmes...

C'est donc en fait une **proclamation de l'idéal humain de la Renaissance,** qui porte sur une confiance dans la nature humaine et l'importance du détachement vis-à-vis des croyances superstitieuses et religieuses.

L'humour

À la différence du Tiers Livre et du Quart Livre, beaucoup plus sombres, *Gargantua* est souvent rythmé par un humour exubérant, voire vulgaire à certains moments. Mais c'est un trait caractéristique de François Rabelais, qui lui-même avait beaucoup d'humour dans la vie. On raconte ainsi qu'un jour, souhaitant rejoindre Paris depuis Lyon mais sans argent, il laissa traîner des sachets de sucre qui portaient la mention « poison pour le roi ». Arrêté, il fut ainsi conduit à Paris... Cela fit tellement rire François Ier qu'il paya la note sans même discuter, ce qui rendit populaire l'expression « le quart d'heure de Rabelais », qui désigne le moment difficile de régler une dette lorsque l'on n'a pas d'argent...

Il serait également l'inventeur de la contrepèterie.

Dans la même collection en numérique

Les Misérables
Le messager d'Athènes
Candide
L'Etranger
Rhinocéros
Antigone
Le père Goriot
La Peste
Balzac et la petite tailleuse chinoise
Le Roi Arthur
L'Avare
Pierre et Jean
L'Homme qui a séduit le soleil
Alcools
L'Affaire Caïus
La gloire de mon père
L'Ordinatueur
Le médecin malgré lui
La rivière à l'envers - Tomek
Le Journal d'Anne Frank
Le monde perdu
Le royaume de Kensuké
Un Sac De Billes
Baby-sitter blues
Le fantôme de maître Guillemin
Trois contes
Kamo, l'agence Babel
Le Garçon en pyjama rayé
Les Contemplations

Escadrille 80

Inconnu à cette adresse

La controverse de Valladolid

Les Vilains petits canards

Une partie de campagne

Cahier d'un retour au pays natal

Dora Bruder

L'Enfant et la rivière

Moderato Cantabile

Alice au pays des merveilles

Le faucon déniché

Une vie

Chronique des Indiens Guayaki

Je voudrais que quelqu'un m'attende quelque part

La nuit de Valognes

Œdipe

Disparition Programmée

Education européenne

L'auberge rouge

L'Illiade

Le voyage de Monsieur Perrichon

Lucrèce Borgia

Paul et Virginie

Ursule Mirouët

Discours sur les fondements de l'inégalité

L'adversaire

La petite Fadette

La prochaine fois

Le blé en herbe

Le Mystère de la Chambre Jaune

Les Hauts des Hurlevent

Les perses

Mondo et autres histoires

Vingt mille lieues sous les mers

99 francs

Arria Marcella

Chante Luna

Emile, ou de l'éducation

Histoires extraordinaires

L'homme invisible

La bibliothécaire

La cicatrice

La croix des pauvres

La fille du capitaine

Le Crime de l'Orient-Express

Le Faucon malté

Le hussard sur le toit

Le Livre dont vous êtes la victime

Les cinq écus de Bretagne

No pasarán, le jeu

Quand j'avais cinq ans je m'ai tué

Si tu veux être mon amie

Tristan et Iseult

Une bouteille dans la mer de Gaza

Cent ans de solitude

Contes à l'envers

Contes et nouvelles en vers

Dalva

Jean de Florette

L'homme qui voulait être heureux

L'île mystérieuse

La Dame aux camélias

La petite sirène

La planète des singes

La Religieuse

1984 A l'Ouest rien de nouveau

Aliocha

Andromaque

Au bonheur des dames

Bel ami

Bérénice

Caligula

Cannibale

Carmen

Chronique d'une mort annoncée

Contes des frères Grimm

Cyrano de Bergerac

Des souris et des hommes

Deux ans de vacances

Dom Juan

Electre

En attendant Godot

Enfance

Eugénie Grandet

Fahrenheit 451

Fin de partie

Frankenstein

Gargantua

Germinal

Hamlet

Horace

Huis Clos

Jacques le fataliste

Jane Eyre

Knock

L'homme qui rit

La Bête humaine

La Cantatrice Chauve

La chartreuse de Parme

La cousine Bette

La Curée

La Farce de Maitre Pathelin

La ferme des animaux

La guerre de Troie n'aura pas lieu

La leçon

La Machine Infernale

La métamorphose

La mort du roi Tsongor

La nuit des temps

La nuit du renard

La Parure

La peau de chagrin
La Petite Fille de Monsieur Linh
La Photo qui tue
La Plage d'Ostende
La princesse de Clèves
La promesse de l'aube
La Vénus d'Ille
La vie devant soi
L'alchimiste
L'Amant
L'Ami retrouvé
L'appel de la forêt
L'assassin habite au 21
L'assommoir
L'attentat
L'attrape-coeurs
Le Bal
Le Barbier de Séville
Le Bourgeois Gentilhomme
Le Capitaine Fracasse
Le chat noir
Le chien des Baskerville
Le Cid
Le Colonel Chabert
Le Comte de Monte-Cristo
Le dernier jour d'un condamné
Le diable au corps
Le Grand Meaulnes
Le Grand Troupeau
Le Horla
Le jeu de l'amour et du hasard
Le Joueur d'échecs
Le Lion
Le liseur
Le malade imaginaire
Le Mariage de Figaro
Le meilleur des mondes

Le Monde comme il va

Le Parfum

Le Passeur

Le Petit Prince

Le pianiste

Le Prince

Le Roman de la momie

Le Roman de Renart

Le Rouge et le Noir

Le Soleil des Scortas

Le Tartuffe

Le vieux qui lisait des romans d'amour

L'Ecole des Femmes

L'Ecume Des Jours

Les Bonnes

Les Caprices de Marianne

Les cerfs-volants de Kaboul

Les contes de la Bécasse

Les dix petits nègres

Les femmes savantes

Les fourberies de Scapin

Les Justes

Les Lettres Persanes

Les liaisons dangereuses

Les Métamorphoses

Les Mouches

Les Trois mousquetaires

L'étrange cas du Dr Jekyll et de Mr Hyde

L'Ile Au Trésor

L'île des esclaves

L'illusion comique

L'Ingénu

L'Odyssée

L'Ombre du vent

Lorenzaccio

Madame Bovary

Manon Lescaut

Micromégas

Mon ami Frédéric

Mon bel oranger

Nana

Ne tirez pas sur l'oiseau moqueur

Notre-Dame de Paris

Oliver twist

On ne badine pas avec l'amour

Oscar et la dame rose

Pantagruel

Le Misanthrope

Perceval ou le conte du Graal

Phèdre

Ravage

Roméo et Juliette

Ruy Blas

Sa Majesté des Mouches

Si c'est un homme

Stupeur et tremblements

Supplément au voyage de Bougainville

Tanguy

Thérèse Desqueyroux

Thérèse Raquin

Ubu Roi

Un Barrage contre le Pacifique

Un long dimanche de fiançailles

Un secret

Vendredi ou la vie sauvage

Vipère au poing

Voyage au bout de la nuit

Voyage au centre de la terre

Yvain ou le Chevalier au lion

Zadig

À propos de la collection

La série FichesdeLecture.com offre des contenus éducatifs aux étudiants et aux professeurs tels que : des résumés, des analyses littéraires, des questionnaires et des commentaires sur la littérature moderne et classique. Nos documents sont prévus comme des compléments à la lecture des oeuvres originales et aide les étudiants à comprendre la littérature.

Fondé en 2001, notre site FichesdeLectures.com s'est développé très rapidement et propose désormais plus de 2500 documents directement téléchargeables en ligne, devenant ainsi le premier site d'analyses littéraires en ligne de langue française.

FichesdeLecture est partenaire du Ministère de l'Education du Luxembourg depuis 2009.

Plus d'informations sur www.fichesdelecture.com

ISBN: 978-2-51102-813-1

Notes :